Miniatures littéraires enchantées

II

Svétoslava L. Prodanova-Thouvenin de Strinava

Miniatures littéraires enchantées

Avec les illustrations de l'auteur

Rédaction linguistique et technique par Patrick Thouvenin de Strinava

Books on Demand

© 2018 Prodanova-Thouvenin de Strinava, Svétoslava L.

Éditeur : Books on Demand GmbH,
12/14 rond-point des Champs Élysées,
75008 Paris, France
www.bod.fr

Impression : Books on Demand GmbH, Norderstedt, Allemagne

ISBN 978-2-3221-0281-5
Dépôt légal : mars 2018

v

Table des chapitres
Miniatures littéraires enchantées

Du rêve...
La Marguerite et la jeune fée Margot
Le petit Elfe et la Fourmi
Le Papillon et la Fleur
La Princesse et la Coccinelle
La Fleur et la Tempête
L'Aube
Beauté salvatrice

VII

VIII

Du rêve...

IL AVAIT RÊVÉ d'une boîte douillette au pied de l'arbre de Noël, les yeux émerveillés d'une fillette qui ouvre la boîte, les parfums de sapin, de champagne et de chocolat, jusqu'au feu d'artifice qui illumine les vitres du salon le soir de la Saint-Sylvestre... Deux mois plus tard, le renne du Père Noël en peluche attendait angoissé son sort sur l'étalage des références soldées d'un magasin, la tête écrasée par un livre de contes de Noël, lui aussi soldé à l'occasion des soldes d'hiver...

Quelqu'un souleva le livre et libéra ses bois de sa pesanteur. Une jeune femme s'arrêta au milieu de l'agitation du magasin et plongea dans l'ambiance de Noël... Cinq minutes plus tard elle amenait dans son caddie un livre de contes et une peluche qui ne croyait pas son bonheur...

Il y eut une soirée d'amoureux, avec le parfum du champagne, l'arôme du chocolat et les effluves fortes de l'odeur suave et âpre des sapins du jardin... Il y eut un bisou sur les bois du renne juste avant que le rêve emporte les deux amoureux dans le pays des merveilles...

Un petit renne du Père Noël en peluche remercia le Ciel qui ne permet jamais que les rêves soient soldés...

o-o-o

XI

XII

La Marguerite
et la jeune fée Margot

ÉTINCELANTE de fraîcheur et joie la jeune fée Margot déploya ses ailes et explora du regard un champ de marguerites. Une fleur presque fanée de tristesse attira son attention et Margot se posa tout près d'elle.

– Tu es triste ? — s'enquit la fée.

– Oui — répondit la marguerite, contente qu'on lui pose une question. – Tu sais, personne ne peut vivre sans enchantement… — soupira-t-elle.

– Je suis là — s'exclama Margot —, ton soupir sent le vent, la pluie et le soleil !

– C'est vrai ? — la marguerite poussa un soupir d'espoir.

– Vrai comme les étoiles ! Je préfère ton parfum à tous les arômes du monde ! — Et la fée embrassa la fleur.

La marguerite osa un soupir de bonheur. Le champ embauma le vent, la pluie et le soleil, et un arc-en-ciel jeta son pont entre la tristesse et la félicité.

o-o-o

xv

XVI

Le petit Elfe et la Fourmi

UN PETIT ELFE, fier et un brin orgueilleux observait le ciel étoilé une nuit d'été. Émerveillé devant tant de beauté il s'exclama :

– Je veux être grand et majestueux comme le Ciel !

– Tu es un tout petit elfe — répondit sa Maman, blottie contre une pierre mousseuse, en train de lui confectionner un bonnet d'hiver. – Tu es tout petit, il te suffit d'être une petite étoile sur Son étendue...

– Comment devenir une petite étoile, Maman ? — demanda le jeune elfe avec le plus vif intérêt.

– Apprends à quelqu'un de plus petit que toi d'admirer le Ciel, d'aimer les flammes ardentes de l'aurore et l'incendie vespéral de son horizon, amène quelqu'un de plus faible que toi à la conquête de Ses mystères...

– Plus petit et plus faible que moi ? Une fourmi, ça ira ?

– Même une fourmi peut devenir une étoile ! — répondit avec conviction la Maman elfe.

Le matin le jeune elfe retrouva au pied d'un arbre centenaire une fourmilière bien connue. C'est là qu'il rencontrait d'habitude une minuscule fourmi qui l'accompagnait dans ses promenades à travers la forêt. Il lui raconta la splendeur du soleil et lui dit avec assurance :

– Toi et moi, nous pouvons devenir des étoiles brillantes dans le Ciel !

– Je te crois — balbutia la fourmi —, je te fais toujours confiance ; ça suffit de remplir les greniers de la fourmilière, je veux voir le Ciel !

Le petit elfe prit sur la paume de sa main sa petite amie et marcha loin, très loin, jusqu'à la colline la plus haute. Au soir, épuisé, il s'assit à son sommet, et la petite fourmi soupira dans le creux de sa main :

– Que le Ciel est beau !

D'en haut l'Étendue salua de Sa lumière Ses nouvelles étoiles...

o-o-o

xx

Le Papillon et la Fleur

UN JOUR DE JUIN frais et rempli de soleil un joli papillon se posa sur une très belle fleur pour reposer ses ailes.

– Je voudrais être beau et stable comme toi — dit-il dans un soupir admiratif...

– Et moi j'envie ton envol ! — sourit la fleur, un peu triste.

– Je te raconterai le Ciel — s'emporta le papillon — Sa grandeur, Son immensité...

– Je te ferai connaître la Terre et la force de ses entrailles ! — proposa la fleur humblement.

Entre Ciel et Terre ils vécurent heureux un été sans fin car ils s'aimaient — ils se ressemblaient et profitaient de leurs différences.

o-o-o

XXII

La Princesse et la Coccinelle

UN JOUR une coccinelle se perdit lors de son vol dans les dédales d'un palais royal. La joie de ses ailes l'amena dans la chambre d'une princesse triste qui n'avait guère d'amoureux souhaitant l'épouser que pour sa beauté et la vivacité de son esprit. Voyant la coccinelle la princesse la prit sur sa main, et se souvenant d'un ancien présage raconté par sa nourrice, la porta à ses lèvres et chuchota d'une voix à peine audible :

– Ma coccinelle, ma coccinelle, où se trouve celui qui m'épousera ?

La coccinelle se trouva bien embarrassée par cette question — elle n'en savait strictement rien. Elle emprunta le premier chemin que lui proposa le matin ensoleillé — un rayon lumineux qui se baladait comme elle dans la chambre de la princesse ! — et quitta les lieux...

De l'autre côté de la place royale, un garçon aux cheveux blonds et aux idées claires, un chevalier au cœur ouvert et sincère, trompait son ennui en jouant avec le soleil —il emprisonnait sa lumière dans le cadre d'un petit miroir... Il vit la coccinelle et s'exclama :

— Tu es aussi charmante que notre princesse ! mais beaucoup plus gaie qu'elle —j'aimerais la faire sourire pour moi !

Un jour d'automne, la princesse et le jeune homme se rencontrèrent au lycée, et ce fut l'histoire d'un amour pas comme les autres... puisque le jeune chevalier épousa la princesse pour sa beauté et pour les éclats de son esprit et de son rire !

Le jour de leur mariage une petite coccinelle remercia le Ciel qui sut lui tendre son rayon de soleil et la transformer en porteuse d'un présage heureux...

o-o-o

XXVI

La Fleur et la Tempête

– JE RÊVE DE TEMPÊTE ! — soupira la fleur, après la pluie.

– Je souhaite la paix !... — gémit l'arbre centenaire à ses côtés et arrosa la fleur de la fraîcheur des gouttes qui reposaient sur ses feuilles en les faisant luire et briller sous les rayons du soleil nouveau-né.

– C'est cela la paix ? — s'enquit la fleur émerveillée — Je veux la paix !

L'arbre secoua à nouveau ses feuilles. Une pluie d'éclats de mille couleurs... un son limpide de mille clochettes...

La tempête rangea les éclairs dans son carquois et prit la fuite...

o-o-o

XXVIII

L'Aube

LA NUIT touchait à sa fin et l'aube répandait avec grâce sa respiration claire au-dessus de la Terre.

Un rayon de soleil frêle et timide fit son apparition. L'Étendue céleste fronça les sourcils :

– Tu étais prévu pour midi !

– Mieux vaut une faible lumière dans les ténèbres qu'un éclat éblouissant dans la force du jour ! — répondit le rayon timide.

– Brille dans les ténèbres et annonce toujours la naissance de la lumière ! — s'exclama le Ciel, conquis par son audace.

Et la Terre connut l'aube la plus lumineuse de son existence.

o-o-o

XXX

Beauté salvatrice

LE JOUR allait vers son crépuscule teint de l'or rose du coucher de soleil.

Un chien perdu lors d'une chasse se trouva au bout de son errance près d'un petit étang, doré lui aussi par les rayons rasants du soleil.

Au-dessus des herbes sauvages avançait lentement une libellule — vol paisible dans la lumière qui arrachait à ses ailes des étincelles de toutes les couleurs de l'arc-en-ciel...

– Que tu es belle ! — soupira le chien. – Que pourrais-je faire pour que la lumière brille ainsi éternellement ?

– Peut-être ne jamais troubler la paix des hôtes de ce bois ! — répondit calmement la libellule.

Un bruit de pas à peine audible mit fin à leur conversation. Une jeune promeneuse s'assit doucement à côté du chien et caressa avec tendresse son pelage luisant dans la lumière du soir. Le chien, confiant, se blottit contre ses jambes, et ils restèrent immobiles à admirer le ciel illuminé...

– Tu es mon chien — dit la fille.

– Je suis à toi — répondit le regard du chien.

Le soleil ne se coucha plus jamais au-dessus du bois et de son étang.

o-o-o

XXXIII

XXXIV

XXXV

**Fleur des champs sous le soleil
Peinture sur satin**

XXXVI

XXXVII

Des mêmes auteurs :
– Prodanova-Thouvenin de Strinava, Svétoslava L.
– Thouvenin de Strinava, Patrick

Courriel :
lescheminsduvent@wanadoo.fr

Sites Web des auteurs :
http://svetoslava.prodanova-thouvenin.ladyofblackwood.com
&
http://patrick.thouvenin.lairdofblackwood.com

Chez le même Éditeur :
Books on Demand GmbH,
12/14 rond-point des Champs Élysées,
75008 Paris, France
www.bod.fr

Collection
"Contes et Merveilles"
Poésie en prose, contes

À l'heure enchantée de l'amour
Paris : Books on Demand
Prodanova-Thouvenin, Svétoslava
- 2e édition révisée :
ISBN 978-2-8106-1349-6
Dépôt légal : juillet 2011

Le Ciel des Oiseaux blessés
Paris : Books on Demand
Prodanova-Thouvenin, Svétoslava
- 3e édition révisée :
ISBN 978-2-8106-1342-7
Dépôt légal : août 2011

Contes du Temps
Paris : Books on Demand
Prodanova-Thouvenin, Svétoslava
- 2e édition :
ISBN 978-2-8106-2238-2
Dépôt légal : septembre 2011

Le Continent inexploré
Paris : Books on Demand
Prodanova-Thouvenin, Svétoslava
- 2e édition :
ISBN 978-2-8106-2231-3
Dépôt légal : septembre 2011

Miniatures littéraires enchantées
Paris : Books on Demand
Prodanova-Thouvenin de Strinava,
Svétoslava L.
ISBN 978-2-3221-0281-5
Dépôt légal : mars 2018

Série
"Ad Astra"
Un roman à suivre, à l'infini...

Ad Astra Tome 1 : Prologue
Paris : Books on Demand
Prodanova-Thouvenin, Svétoslava
- 2e édition révisée :
ISBN 978-2-8106-2158-3
Dépôt légal : août 2011

Ad Astra Tome 2 : Le journal d'Orion : Les Feux de la Saint-Jean
Paris : Books on Demand
Prodanova-Thouvenin de Strinava, Svétoslava
ISBN 978-2-3220-3943-2
Dépôt légal : août 2015

Ad Astra Tome 3 : Le rêve d'Astra
Paris : Books on Demand
Prodanova-Thouvenin de Strinava, Svétoslava
ISBN 978-2-3221-3821-0
Dépôt légal : février 2017

Collection
"Conversations spirituelles"
Essais philosophiques et spirituels

Histoire des Cieux et de la Terre 1
Paris : Books on Demand
Thouvenin de Strinava, Patrick
- 2e édition révisée et augmentée :
ISBN 978-2-8106-2842-1
Dépôt légal : février 2016

Histoire des Cieux et de la Terre 2
Paris : Books on Demand
Thouvenin de Strinava, Patrick
ISBN 978-2-3220-9931-3
Dépôt légal : novembre 2017

Histoire des Cieux et de la Terre 3
Thouvenin de Strinava, Patrick
à paraître

Courriel :
lescheminsduvent@wanadoo.fr

Sites Web :
http://svetoslava.prodanova-thouvenin.ladyofblackwood.com
&
http://patrick.thouvenin.lairdofblackwood.com

Instant de tendresse
Création sur parchemin
(S. Prodanova-Thouvenin de Strinava)

XLV

XLVI

XLVIII